POUR PARAITRE
INTELLIGENT

ISBN : 978-2-412-06374-3
Dépôt légal : avril 2021
Imprimé en Italie par LEGO

Illustration de couverture : Gabs
Mise en pages : Olivier Frenot
Correction : Marjorie Poitte

Éditions First, un département d'Édi8
92, avenue de France
75013 Paris – France
Tél. : 01 44 16 09 00
Fax : 01 44 16 09 01
E-mail : firstinfo@efirst.com
Site Internet : www.editionsfirst.fr

150 IDÉES À LA CON POUR PARAÎTRE INTELLIGENT

Laurent Gaulet

FIRST
ÉDITIONS

INTRODUCTION

Vous aimeriez bien épater la galerie de temps en temps, vous mettre en avant plus souvent mais, surtout, rabattre le caquet aux prétentieux, dégonfler les melons des vaniteux, clouer le bec aux hautains et désenfler les chevilles des arrogants. Et puis marre de passer parfois pour un con fini ! Vous aussi, vous aimeriez appartenir au club de ceux qui se la ramènent et se la pètent.

Alors si, comme l'a dit Albert Einstein, « le vrai signe de l'intelligence, ce n'est pas la connaissance, mais l'imagination », voici quelques idées « à la con » qui prouvent qu'avec un peu d'inventivité, il est aisé de passer pour une personne très cultivée…

BOUCLEZ-LA !

Pour paraître intelligent, la première règle est de ne pas avoir l'air con. Si vous êtes du genre à lâcher une connerie à chaque fois que vous ouvrez la bouche, le mieux est de vous taire afin de ne pas risquer de débiter des inepties. Parfois, mieux vaut passer pour quelqu'un de distant et de dédaigneux que pour un crétin fini !

RÉGNEZ SUR LES CONS

« Au royaume des aveugles, les borgnes sont rois. » Alors… entourez-vous de cons ! Peu importe que vous soyez le monarque des « non-comprenants », l'essentiel est d'être, à leurs yeux, le plus clairvoyant !

BLUFFEZ !

Faites des cadeaux intelligents. Par exemple, un livre traitant de cantique physique. Et dites en l'offrant : « Tu me diras ce que tu en as pensé, parce qu'il y a certains points avec lesquels je suis fortement en désaccord… »

OFFREZ VOTRE TOURNÉE !

Saoulez vos interlocuteurs. L'alcool aidant, votre sobriété finira bien par vous rendre plus intelligent qu'eux !

SOIGNEZ VOTRE e-RÉPUTATION

Sur Facebook, commentez laconiquement les articles intellectuels ou scientifiques en laissant un « Exact ! », « Tellement vrai... » ou « Enfin ! Bravo... ». Vos amis liront vos commentaires et seront surpris de vos centres d'intérêt et de l'étendue de vos connaissances.

VALORISEZ-VOUS

Donner de l'importance au présent que vous offrez à votre hôte, c'est vous en donner aussi. Par exemple : « Je voulais t'offrir des *liliums**… Malheureusement, la fleuriste n'en avait pas. Aucune liliacée ! Alors je t'ai ramassé des *pappus de taraxacum***. »

* lys

** pissenlits

ÉPATEZ LA GALERIE

Racontez à qui veut l'entendre que vous n'avez jamais eu besoin de consulter un mode d'emploi pour monter un meuble IKEA ! Bah oui, d'autant plus si vous ne possédez aucun mobilier de la célèbre marque suédoise…

FAITES PASSER LES AUTRES POUR DES CONS

Posez-leur des questions auxquelles personne ne peut répondre, ils prendront ainsi conscience de toute la profondeur de leur ignorance et vous serez perçu comme une personne curieuse, qui a soif de connaissances :

« Par quel autre mot pourrai-je remplacer “synonyme” ? »

« Plus il y a d'emmental, plus il y a de trous. Et plus il y a de trous, moins il y a d'emmental... Donc, y a-t-il moins d'emmental plus il y a d'emmental ? »

CASEZ UNE CITATION DANS LA CONVERSATION

Au lieu de dire : « Bon, allez, au boulot ! » :

« Les philosophes n'ont fait qu'interpréter le monde. Nous avons maintenant à le transformer ! »

KARL MARX

L'HABIT FAIT LE MOINE

Plutôt que d'endosser une veste pour sortir, pourquoi ne pas passer une blouse blanche ? Ajoutez un stéthoscope autour de votre cou, et on vous prendra pour un docteur ! Mais n'abusez pas de ce subterfuge car, un jour ou l'autre, certains pourraient vouloir remplacer votre tenue blanche par une autre : une camisole.

TRUC À LA CON

De la même manière que certains mettent des tee-shirts trop petits pour faire croire qu'ils sont musclés, n'achetez que des casquettes ou chapeaux trop petits pour faire croire que vous avez une grosse tête bien pleine !

PLACEZ UNE LOCUTION LATINE DANS LA CONVERSATION

Avant d'aller demander une augmentation de salaire :

« **Audaces fortuna juvat.** »
(La fortune sourit aux audacieux.)

À celui qui va demander une augmentation de salaire :

« **Auri sacra fames !** »
(Exécrable faim de l'or !)

FAITES LE SINGE SAVANT

Utilisez des mots savants qui conviennent à presque toutes les situations. Par exemple, concluez les propos de votre interlocuteur en disant : « C'est assertorique*. » Rassurez-vous, il y a peu de chance qu'il vous demande : « Qu'est-ce que ça veut dire ? » Dans le pire des cas, riez de son ignorance.

* jugement énonçant une vérité de fait (une affirmation) sans la poser comme nécessaire, tel que : « Il fait beau. »

CHOISISSEZ BIEN VOS PASSE-TEMPS

Si on vous demande à quoi vous passez votre temps libre, ne répondez pas le tricot ou la philatélie… Non, dites, par exemple : « Je corrige les ouvrages de Henri Beyle… Stendhal, si tu préfères ! Il négligeait vraiment le style… »

DEVENEZ BIGLEUX

Il est prouvé que ceux qui portent des lunettes sont perçus comme étant plus intelligents. Les verres de correction n'améliorent pas le Q.I., mais nombreux pensent que ceux qui en portent ont lu plus que la moyenne, fait des études plus longues que les autres... Et peu importe s'ils sont en réalité devenus bigleux en s'exposant trop à lumière bleue de leur smartphone. Bref... Portez des lunettes (mais délaissez les lunettes de soleil, vous ne feriez qu'afficher votre côté fainéant) ! Préférez des modèles ronds, à la Harry Potter. Si possible, mettez des lunettes avec des vrais verres, vous serez plus crédible...

SAVOIR INUTILE

Drôles à retenir, compliquées à caser… les perversions sexuelles (paraphilies) :

- **Exobiophilie :** fait de fantasmer sur les extraterrestres.
- **Enclotophilie :** fait d'aimer les femmes criminelles.
- **Nasomycinophilie :** fait d'être excité par les sécrétions nasales.
- **Mécanophilie :** fait de fantasmer sur les belles mécaniques.
- **Nécrodendrophilie :** fait d'aimer les actes sexuels avec des arbres morts.
- **Trimammophilie :** fait de fantasmer sur les femmes à trois seins.

PENSEZ !

En position assise, le poing droit calé sous votre menton, le coude droit posé sur votre genou gauche, réfléchissez dans la position du penseur de Rodin ! Certes, vous choperez un méchant lumbago, mais vous aurez la posture de quelqu'un qui pense. Entraînez-vous sur vos toilettes.

UTILISEZ LES NOMS SAVANTS

Dites : « Si tu pouvais me trouver un peu d'acide acétylsalicylique, tu serais mon bienfaiteur… »

Et ne dites plus : « T'as pas un cachet d'aspirine ? J'ai trop mal aux cheveux… »

CASEZ UNE CITATION DANS LA CONVERSATION

En société, à chaque fois que vous entendez le mot « con », faites croire que vous aviez compris le mot « pont » :

« La grandeur de l'homme,
c'est qu'il est un pont
et non une fin. »

NIETZSCHE

RAMENEZ VOTRE SCIENCE EN TOUTES OCCASIONS

« Qu'est-ce qui a 414 pattes, 20 glandes venimeuses et 4 pénis ? Tu ne sais pas ? Eh bien, c'est l'*Illacme tobini* ! Ne cherche pas où est la blague, il n'y en a pas. C'est une espèce de myriapodes. Un mille-pattes, si tu préfères… »

PROFESSEUR TCHEMANOVSKI

Quelle que soit la discussion (surtout celles que vous ne parvenez pas à suivre), lancez : « Sur ce sujet, je suis assez d'accord avec l'analyse de Tchemanovski... » Après être restés dubitatifs, certains n'oseront pas dire qu'ils ne le connaissent pas, mais d'autres pourraient vouloir en savoir plus... Ne paniquez pas, répondez-leur : « Tu ne sais pas qui c'est ? C'est trop long pour t'expliquer mais, en gros, il contredit tout ce que tu affirmes. »

CORRIGEZ LES ERREURS DE LANGAGE DES AUTRES

« Tu es venu “à” vélo, et pas “en” vélo. On est “sur” le vélo, pas “dedans”, comme en voiture, en train, en avion… »

*

« On ne dit pas qu'on se rappelle de quelqu'un, mais plutôt qu'on s'en souvient. »

*

« On ne prononce pas secrétairiat, mais secrétariat ! »

PRENEZ DU GRADE !

Signez vos courriers en faisant précéder votre nom du titre de « Maître », ça en jette ! Pour ce qui est des lettres anonymes, pensez à remplacer votre nom par « Corbeau »...

AFFIRMEZ-VOUS

Porter un tee-shirt à l'effigie d'Albert Einstein ne fera jamais de vous un génie. Et, comme Einstein n'en portera jamais un à votre image, arborez plutôt fièrement un tee-shirt sur lequel vous aurez fait inscrire : « Mon Q.I. est de 142... et je t'emmerde ! »

LE MOT SAVANT À PLACER !

« Pouvez-vous me redonner le **toponyme*** de notre rendez-vous ? »

* nom de lieu

ASTUCE À LA CON

Dites que vous ne faites que des jeux de réflexion japonais. C'est votre passion. Et aussi que vous dévorez la littérature japonaise. Vous ne mentirez pas si vous passez votre temps libre à jouer aux jeux vidéo et à lire des mangas !

CASEZ UNE CITATION DANS LA CONVERSATION

Pour conclure une conversation ou faire semblant de la relancer afin que tout le monde se sente ridicule en ne sachant quoi en penser :

« L'homme n'est pas un empire dans un empire… »

SPINOZA

PRENEZ GARDE À VOTRE ATTITUDE

L'index posé sur les lèvres, les sourcils froncés… Voilà comment donner l'impression de réfléchir intensément à une affaire sérieuse. Non seulement ça vous donnera un air intelligent, mais personne n'osera vous interrompre dans votre réflexion et vous serez libre de vous demander ce que bon vous semble : « Qu'est-ce qu'on mange, ce soir ? », « Qu'est-ce qu'il y a à la télé ? », « Un bossu en a-t-il toujours plein le dos ? »

« OK GOOGLE », C'EST VOUS !

Quoi qu'on vous demande, dites : « Je sais ! » Même si on risque de comprendre votre petit manège et de vous prendre à témoin : « Au fait, toi qui connais tout sur tout, est-ce que tu sais comment… » Ne vous dégonflez surtout pas et répondez : « Si seulement j'avais la mémoire de Wikipédia ! Je le savais, mais là, ça m'échappe… »

BLUFFEZ !

Ne dites pas : « Je suis sans emploi, je cherche du boulot… »

Dites : « Je fais un break pour travailler sur une de mes inventions. Le brevet n'est pas encore déposé, je ne peux pas vraiment en parler. »

PLACEZ UNE LOCUTION LATINE DANS LA CONVERSATION

Lors d'un entretien d'embauche, pour répondre à la question « Quelles sont vont motivations ? » :

« Aut Caesar, aut nihil ! »
(Ou empereur ou rien !)

Votre future devise, lorsque vous aurez terminé ce livre :

« Beati pauperes spiritu. »
(Heureux les pauvres d'esprit.)

SOIGNEZ VOTRE e-RÉPUTATION

Ce n'est pas bien de mentir sur un CV, mais sur Facebook ou LinkedIn, on s'en fout ! Grandes écoles, hautes études, anciens employeurs prestigieux… Faites des envieux !

FAITES PASSER LES AUTRES POUR DES CONS

Alors que d'autres racontent des blagues et des histoires drôles, faites des devinettes votre spécialité. Non pas pour faire rire l'assemblée, mais pour casser l'ambiance et relever le niveau des débats !

« Comment appelle-t-on une personne qui lit au lit ? Une librocubiculariste. »

CASEZ UNE CITATION DANS LA CONVERSATION

Quand on vous demande si vous savez changer un robinet d'eau ou retirer un compteur Linky pour réinstaller l'ancien :

« La connaissance de l'homme ne saurait s'étendre au-delà de sa propre expérience. »

Locke

RAMENEZ VOTRE SCIENCE EN TOUTES OCCASIONS

« Mais arrêtez donc de parler de pluie d'étoiles filantes... C'est un essaim de météores ! Des débris de la comète Swift-Tuttle qui ne sont pas plus gros qu'un petit pois. »

LE MOT SAVANT À PLACER !

« À la retraite, j'aimerais me retirer dans une **thébaïde*** ! »

---

* lieu isolé, propre à la méditation

CORRIGEZ LES ERREURS DE LANGAGE DES AUTRES

« On ne dit pas je n'ai pas été, mais je ne suis pas allé ! »

*

« Ça ne génère rien du tout, ça engendre ! »

*

« Comment ça, un cinquantenaire ? Tu voulais dire un quinquagénaire ? »

ASTUCE À LA CON

Si vous entendez le nom de Michel Drucker, demandez qui c'est ! Celui d'Hanouna, vomissez ! Mais non... on plaisante. Dites surtout que vous n'avez pas la télévision, que vous ne lisez que la presse écrite et que vous achetez vos journaux tous les matins...

PLACEZ UNE LOCUTION LATINE DANS LA CONVERSATION

Si on vous dit : « Avez-vous des activités artistiques ? » Ne répondez pas : « J'ai d'autres choses à foutre ! » mais :

« Ars longa, vita brevis. »
(L'art est long, la vie est brève.)

À propos de deux personnes qui s'échangent des amabilités proches de la flagornerie :

« Asinus asinum fricat. »
(L'âne frotte l'âne.)

ÉPATEZ LA GALERIE

À la fin d'un repas, lorsque le début de la digestion invite à la sieste et que l'alcool brouille les facultés mentales de votre concurrence, portez l'estocade, balancez votre savoir : « Les fermiers savoyards devaient donner la première traite de leur lait au propriétaire. Mais vous saviez qu'ils gardaient la seconde pour eux ? Ils reblochaient c'est-à-dire qu'ils repinçaient ou trayaient à nouveau… Cette seconde traite étant plus crémeuse, ils en ont fait un excellent fromage, le reblochon, dont je vais maintenant prendre un morceau… Il n'y en a pas ? Ah merde ! J'attendrais la troisième traite alors… »

CASEZ UNE CITATION DANS LA CONVERSATION

Lorsqu'un ange passe, que plus personne ne sait quoi dire :

« L'homme est un animal métaphysique. »

SCHOPENHAUER

UTILISEZ LES NOMS SAVANTS

Dites : « Un peu de diosmectite ne pourrait-il pas te soulager ? »

Et ne dites plus : « Tu veux un Smecta pour ta diarrhée ? »

AFFICHEZ UN SOURIRE MALICIEUX QUI EN DIT LONG…

Lorsqu'on vous explique quelque chose, étirez vos lèvres en un petit rictus, un sourire narquois signifiant : « Oui, je comprends parfaitement ce que tu racontes… J'en sais même beaucoup plus, mais je n'ai ni l'envie ni le temps de converser avec toi sur ce sujet. »

Petit conseil : prenez le temps de vous entraîner devant un miroir afin de ne pas afficher le sourire niais d'un imbécile heureux !

L'HABIT FAIT LE MOINE

Promenez-vous avec une épée d'académicien, vous impressionnerez du monde. En tout cas, plus qu'avec le sabre laser d'un Jedi. Quant à ceux qui douteraient de votre appartenance à l'Académie française, vous pourrez toujours en faire des brochettes avec !

LE MOT SAVANT À PLACER !

« Le patron n'est qu'un **soliveau*** ! »

* quelqu'un dépourvu d'autorité, ne sachant pas se faire respecter

TRUC À LA CON

Pour continuer à regarder vos émissions de téléréalité préférées sans passer pour un demeuré, faites-le en prenant des notes sur un carnet. Vous expliquerez faire une étude comportementale sur les écervelés vivant en communauté : vous aimeriez en effet découvrir si l'instinct de survie de ces petits bouts de cerveaux épars peut les pousser à s'unir pour n'en former qu'un seul…

CORRIGEZ LES FAUTES D'ORTHOGRAPHE DES AUTRES

C'est rabaissant et ça blessera vos interlocuteurs dans leur amour-propre. Concentrez-vous sur les accords du participe passé avec les auxiliaires « être » et « avoir » ou sur l'emploi du futur (ai) et du conditionnel (ais). ~~Corriger-les~~ ! ~~Corrigés-les~~ ! Corrigez-les !

RAMENEZ VOTRE SCIENCE EN TOUTES OCCASIONS

« L'iPhone est peut-être cher, mais il y a quand même 30 mg d'or dedans ! En 2015, Apple avait récupéré une tonne de ce métal de grande valeur sur ses iPhone cassés et recyclés. En fait, l'or est un excellent conducteur qui résiste bien à la corrosion. L'argent est encore meilleur conducteur, mais il se corrode… Le cuivre, lui, est moins onéreux, mais déplace trop lentement les électrons… Non mais allô, quoi ! »

CORRIGEZ LES ERREURS DE LANGAGE DES AUTRES

« Mais, quand même, depuis quand dit-on comme même ? »

*

« Le métro est blindé, maintenant ? Il est bondé, et c'est déjà bien assez. »

*

« On ne prononce pas ex cétéra, mais èt cétéra. »

SOYEZ REBELLE, PAS UN MOUTON QUI BÊLE !

Ne soyez pas d'accord avec les autres, ayez l'esprit de contradiction. Mais ne précisez pas pour quelles raisons. Dites seulement que vous ne souhaitez pas vous lancer dans de grands débats, que vous avez depuis longtemps fait le tour du sujet, que vous vous êtes bien documenté et que vos conclusions sont contraires à celles de votre interlocuteur. D'ailleurs, vous pouvez même pousser le vice jusqu'à l'encourager à mieux s'informer avant de parler, cet idiot !

SOIGNEZ VOTRE e-RÉPUTATION

Publiez sur vos réseaux sociaux une photo de votre chat allongé sur des feuilles de papier. Votre animal de compagnie va générer beaucoup de « like » et votre commentaire en épater plus d'un : « Qu'il est difficile, dans ces conditions, de travailler à l'écriture de mon roman ! »

PLACEZ UNE LOCUTION LATINE DANS LA CONVERSATION

Lorsqu'on vous sert à boire :

« Bonum vinum laetificat cor hominis. »
(Le bon vin réjouit le cœur de l'homme.)

La devise de Paris, à chaque fois que vous manquez renverser une bouteille ou à propos d'une amie qui est saoule :

« Fluctuat nec mergitur. »
(Elle tangue, mais ne sombre pas.)

BLUFFEZ !

Vous ne savez pas quoi répondre et votre interlocuteur vous relance pour connaître votre avis ? Dites-lui simplement : « Je réfléchis. La question est beaucoup plus complexe que tu ne peux l'imaginer ! Et je prendrais le risque de t'induire en erreur si j'y répondais avant d'en avoir fait tout le tour… »

PRENEZ DU GRADE !

Il est interdit de se faire appeler « docteur » ou d'utiliser l'abréviation « D^r » si on n'en a pas le titre. Mais… rien ne vous empêche de faire précéder votre nom sur votre boîte aux lettres de « Doc » !

FAITES PASSER LES AUTRES POUR DES CONS

Votre interlocuteur vous pose une question à la con qui n'appelle pas de réponse ? Profitez-en pour lui rabattre le caquet : « Comment appelle-t-on une question sans réponse ? Une question rhétorique. »

ASTUCE À LA CON

Lorsque votre interlocuteur masculin prend intellectuellement le dessus sur vous, déstabilisez-le en fixant sa braguette. Il se demandera alors s'il l'a laissée ouverte... C'est un coup bas, mais il est efficace.

RAMENEZ VOTRE SCIENCE EN TOUTES OCCASIONS

« Le tabac tue et, pourtant, le chanvre avec lequel on produit le cannabis a énormément de bienfaits ! L'huile de CBD est d'ailleurs de plus en plus utilisée dans les produits cosmétiques… »

SACHEZ RIRE

Quand on est intelligent, on ne rit pas aux éclats, on n'est pas PTDR et on ne se tape pas des barres non plus. On ne fait pas « Ha ! Ha ! Ha ! », encore moins « Hi ! Hi ! Hi ! », seulement, avec retenue, des petits « Hé ! Hé ! ».

LE MOT SAVANT À PLACER !

« Ce que j'aime le plus pratiquer, surtout au lit, c'est la **pandiculation***. Et toi, tu aimes pandiculer ? »

* action qui consiste à étirer son corps tout en bâillant

ÉPATEZ LA GALERIE

Partout où vous allez, ayez toujours dans votre poche un livre de métaphysique. Dès que la nécessité de passer pour quelqu'un d'intelligent se fera ressentir, sortez-le pour le feuilleter. Bien évidemment, pensez à le tenir à l'endroit !

CASEZ UNE CITATION DANS LA CONVERSATION

Conseil à délivrer pour tout et n'importe quoi, n'importe quand et à n'importe qui :

« Si tu n'es pas Socrate,
tu dois vivre comme
si tu voulais être Socrate. »

ÉPICURE

CORRIGEZ LES ERREURS DE LANGAGE DES AUTRES

« On ne va pas sur Paris, mais à Paris. Tu as fait un solécisme*. »

*

« Malgré que quoi ? Tu voulais plutôt dire bien que, non ? »

*

« Il n'a pas fait un infractus, mais un infarctus ! »

---

* une faute de syntaxe

CHOISISSEZ BIEN VOS PASSE-TEMPS

Ne dites pas que vous jouez à « Candy Crush Saga », dites que vous pratiquez les échecs. Notez au passage l'utilisation du verbe « pratiquer », plutôt que « jouer ». Les échecs n'ont rien d'un amusement, c'est un sport cérébral !

ASTUCE À LA CON

Vous ne comprenez pas un traître mot de ce qu'on vous raconte ? À force de dire « oui-oui » à tout ce qu'on vous explique, on risque un jour de vous coiffer d'un bonnet à grelot… Dites plutôt : « C'est bien ça, le sujet ! » Ou encore : « Ça fait sens… » Ça vous donnera un air plus intelligent.

PLACEZ UNE LOCUTION LATINE DANS LA CONVERSATION

Pour contester le pouvoir en place :

« Cujus regio, ejus religio. »
(Tel prince, telle religion.)

Sur votre pancarte, pendant une manifestation des Gilets jaunes :

« Vox populi, vox dei. »
(La voix du peuple est la voix de Dieu.)

RAMENEZ VOTRE SCIENCE EN TOUTES OCCASIONS

« Si les culicidés t'embêtent, tu n'as qu'à déménager en Islande ! Le climat y est tellement rude qu'on n'y trouve pas un seul moustique… »

UTILISEZ LES NOMS SAVANTS

Dites : « En ce moment, je souffre de pollinose… »

Et ne dites plus : « J'ai le nez qui coule à cause de mes allergies aux pollens. »

ASTUCE À LA CON

Cessez d'opiner du bonnet à tout ce qu'on vous raconte. Ce n'est pas parce que vous n'avez rien à répondre ou ne comprenez pas un traître mot de la conversation qu'il faut passer un idiot. Dites plutôt : « Je trouve cela parfaitement obvie*. » Articulez bien pour éviter que votre interlocuteur ne comprenne « eau-de-vie », ça ne ferait qu'aggraver votre cas…

---

* évident

SAVOIR INUTILE

Drôles à retenir, compliqués à caser… les noms de collection :

- **Gallinoklougophilie :** collection de cuisses de poulets.
- **Latrinapapirophilie :** collection de papier toilette.
- **Nanipabullophilie :** collection de nains de jardin à brouette.
- **Ultratrifoliophilie :** collection de trèfles à quatre feuilles.
- **Vêtiétiquetophilie :** collection d'étiquettes de vêtements.
- **Aqualabélophilie :** collection d'étiquettes de bouteilles d'eau.

LE MOT SAVANT À PLACER !

« Tu ne crains rien, ne sois pas **pusillanime*** ! »

* peureux, trouillard

CHOISISSEZ BIEN VOTRE SPORT

Officiellement, détestez le foot, le cyclisme... Il paraît que ce sont des sports d'idiots supportés par des beaufs.

Officieusement, continuez à gueuler devant votre télé en insultant les joueurs et à vous battre sur le bord des routes pour récupérer les goodies que jette, à son passage, la caravane du Tour de France...

PRENEZ DU GRADE !

Il est fortement déconseillé d'apposer une fausse plaque professionnelle de médecin ou d'avocat sur la façade de votre maison, même si vous trouvez ça classe. Vous pouvez cependant en faire réaliser une pour la mettre en évidence sur un de vos murs intérieurs, histoire d'impressionner vos invités en vous inventant un glorieux passé professionnel.

SOIGNEZ VOTRE e-RÉPUTATION

Sur Facebook, indiquez au vu et au su de tous votre participation à des évènements (une pièce de théâtre, un opéra, une exposition, un débat…). Vos amis en seront informés dans leur fil d'actualité !

CASEZ UNE CITATION DANS LA CONVERSATION

Lorsque votre interlocuteur vous demande un conseil sur ce qu'il ou elle devrait faire, mais que vous n'avez aucun avis brillant et inspiré à lui offrir :

« Deviens ce que tu es. »

NIETZSCHE

FAITES PASSER LES AUTRES POUR DES CONS

Étalez votre culture générale :

« Quel est le plus long mot de la langue française dont on ne prononce aucune des lettres ? “Oiseaux”. »

« Et quel est le plus petit mot de la langue française contenant toutes les voyelles ? “Oiseau”. »

TRUC À LA CON

Partout où vous allez, emportez un journal économique (*Le Financial Times*, par exemple). Posez-le toujours près de vous, bien en évidence… Les gens ne sont pas censés savoir que vous avez des difficultés à boucler vos fins de mois, que vous pensez encore en francs et que vous ne connaissez même pas le taux d'intérêt de votre livret A !

LE MOT SAVANT À PLACER !

« Quand je ferme les yeux, je vois des **phosphènes***... Pas toi ? »

---

* petits points lumineux

RAMENEZ VOTRE SCIENCE EN TOUTES OCCASIONS

« Tu l'as acheté sur Internet ? Tu savais que la première transaction en ligne date de 1971 ? Des étudiants de Stanford avaient utilisé le réseau de leur université afin d'organiser un rendez-vous pour la vente de marijuana avec des étudiants du Massachussetts. Sinon, la première vente, dans les années 1990, c'est celle d'un CD qu'un gars, qui tenait un site Internet, a vendu à un ami… »

CORRIGEZ LES ERREURS DE LANGAGE DES AUTRES

« Elle n'est pas maline, elle est maligne… »

*

« Merci mais je ne m'assis jamais, je m'assieds… »

*

« Ils voyent… Donc tu l'écris avec un "y" ou bien un "i" et deux "l" ? Tu sais quoi ? En fait, on dit : ils voient, tout simplement… »

BLUFFEZ !

Sur un sujet auquel vous ne connaissez rien et sur lequel on vous demande votre avis, répondez : « Oh ! Je ne dirai rien, sinon on va encore raconter que j'étale ma science… »

PLACEZ UNE LOCUTION LATINE DANS LA CONVERSATION

Lorsqu'on se moque de votre tenue vestimentaire :

« De gustibus et coloribus non disputandum. »
(Des goûts et des couleurs, il ne faut pas discuter.)

Lors des repas de fin d'année :

« Nunc est bibendum, nunc pede libero pulsanda tellus. »
(C'est maintenant qu'il faut boire et se déchaîner/danser.)

RAMENEZ VOTRE SCIENCE EN TOUTES OCCASIONS

« Oui, effectivement, la tomate est un fruit pour les botanistes… Mais elle a un cousin qui est un légume : la pomme de terre. D'ailleurs, la Cour suprême des États-Unis l'a déclarée comme légume ! Tu savais qu'elle avait près de 32 000 gènes ? Soit 7 000 de plus que les humains ! »

ÉPATEZ LA GALERIE

« Je ne me souviens plus… Il y a un “h” dans désoxyribonucléique ? Non, il n’y en a pas, j’en suis certain, maintenant. »

PRENEZ GARDE À VOTRE ATTITUDE

Franchement, avachi dans le canapé, une main dans le paquet de chips et l'autre dans la poche de votre jogging… Y a-t-il plus de chances que ça soit l'attitude de quelqu'un avec un gros cul ou bien celle d'un individu avec un gros Q.I. ? Si on vous surprend dans une telle posture, empressez-vous de dire que vous aviez besoin d'un petit moment de régression, de tout couper pour apaiser votre esprit et ensuite mieux rebondir intellectuellement.

LE MOT SAVANT À PLACER !

« Mes fesses ne sont pas trop **obcordées*** dans ce pantalon ? »

---

* dont la forme est celle d'un cœur renversé

SOIGNEZ VOTRE e-RÉPUTATION

Sur vos réseaux sociaux, faites attention à votre photo de profil. Elle véhicule votre image. C'est votre meilleure publicité. Faites-vous tirer le portrait devant une bibliothèque ou dans une librairie, vous passerez pour un grand lecteur. Tout, mais pas chez vous devant vos livres de cuisine, vos BD et autres romans à l'eau de rose.

ASTUCE À LA CON

Regardez toujours votre interlocuteur dans les yeux. Si vous le faites par-dessus vos lunettes, ça devrait même vous conférer un petit air supérieur… Sans loucher, bien évidemment.

BANNISSEZ CES PAROLES DE VOTRE LANGAGE

« J'en sais rien. »

« J'ai pas compris. »

« Sauf erreur de ma part… »

« C'est trop compliqué. »

« Puisque tu le dis… »

ÉPATEZ LA GALERIE

À la fin d'un repas, les esprits sont moins vifs. C'est le moment d'étaler votre culture comme on écrase un fromage sur du pain : « Je compose toujours mes plateaux de fromages ainsi : un éponyme, un fromage qui porte un nom lié à son lieu de fabrication, comme l'Ossau-Iraty. Un figuratif, dont le nom fait référence à sa forme, comme la brique du Forez. Un historique, le Munster, par exemple. Un patois, tel le Chavignol... Et puis un rigolo ! Le Trou du Cru, le Cacouyard, le Crottin... »

CASEZ UNE CITATION DANS LA CONVERSATION

Lorsqu'on vous dit « c'est une bonne idée… » :

« Le vrai signe de l'intelligence, ce n'est pas la connaissance, mais l'imagination. »

ALBERT EINSTEIN

UTILISEZ LES NOMS SAVANTS

Dites : « Je me suis fait dévorer par un culicidé ! Heureusement, je ne pense pas qu'il s'agisse d'un *aedes albopictus*... »

Et ne dites plus : « Je me suis fait bouffer par un putain de moustique de sa mère ! Manquerait plus que ce soit un tigre de sa race ! »

L'HABIT FAIT LE MOINE

Troquez votre bonnet d'âne contre un chapeau de Saint-Cyrien ! Il est peu discret, mais il a une double utilité : tout en passant pour une personne qui n'a pas « une araignée au plafond », sa grande plume vous permettra justement d'enlever les toiles d'araignées que vous ne parveniez pas à atteindre en hauteur !

CORRIGEZ LES ERREURS DE LANGAGE DES AUTRES

« Tu te demandes une question ? Au jour d'aujourd'hui, tu es donc du genre à monter en haut pour sortir dehors. Elle est vite répondue, ta question, là ? »

*

« Tu fais beaucoup des erreurs ? D'erreurs, oui ! Et d'horreurs aussi. »

PRENEZ DU GRADE !

Une multitude de faux diplômes sont vendus sur Internet. Libre à vous de choisir celui qui vous sied le mieux et de l'exposer à la vue de tous ! Mais n'allez pas non plus vous prendre pour Leonardo DiCaprio dans *Arrête-moi si tu peux* !

FAITES PASSER LES AUTRES POUR DES CONS

Posez-leur une question à laquelle il n'existe aucune réponse tout en leur faisant croire qu'il en existe même plusieurs : « Quelqu'un pourrait-il trouver un mot qui rime avec "simple", "meurtre", "pauvre" et "larve" ? »

LE MOT SAVANT À PLACER !

« Je te laisse terminer seul la soirée, **nyctalope*** ! Moi, je vais me coucher, je suis **nycthémère**** ! »

---

* quelqu'un capable de voir dans la pénombre

** quelqu'un qui a un cycle biologique de 24 heures avec en alternance une période de jour et de nuit, une période de veille et de repos

SOIGNEZ VOTRE e-RÉPUTATION

Réalisez un test de Q.I. bidon sur Internet. Au bout de la dixième tentative, lorsque vous aurez obtenu 100 % de bonnes réponses, vous pourrez enfin prendre la grosse tête, partager vos résultats sur vos réseaux sociaux et mettre tous vos amis au défi !

PLACEZ UNE LOCUTION LATINE DANS LA CONVERSATION

Lorsque la photocopieuse est en panne parce que vous y avez inséré des feuilles agrafées :

« Errare humanum est. »
(L'erreur est humaine.)

À afficher sur le portail de votre maison :

« Cave canem ! »
(Attention au chien !)

TRUC À LA CON

Selon une étude, ajouter une initiale après votre prénom vous donne un air sérieux et intellectuel. Ceci est donc un conseil de « Laurent W. H. Gaulet ».

MANGEZ !

Si, lors d'un repas, vous ne comprenez rien à la conversation, veillez à toujours avoir la bouche pleine ! Lorsqu'on vous demandera votre avis, il vous suffira de bouger comme un culbuto et de hocher plus ou moins de la tête en la dandinant. Eh oui, vous êtes bien élevé, vous ne parlez pas en mangeant. Votre interlocuteur interprétera comme bon lui semble vos gesticulations.

RAMENEZ VOTRE SCIENCE EN TOUTES OCCASIONS

« Tu n'as qu'à te connecter au Bluetooth… Ou, devrais-je plutôt dire, à Harald Bluetooth, roi viking du Danemark en 958 ! Le logo Bluetooth porte d'ailleurs les initiales de ce roi qui est connu pour avoir uni certaines régions du Danemark et de la Norvège. Il les a en quelque sorte… connectées entre elles ! »

LE MOT SAVANT À PLACER !

« Je me suis défoncé **l'hallux*** avec le pied de la table. »

---

* gros orteil

SAVOIR INUTILE

Drôles à retenir, compliquées à caser… les phobies :

- **Alopophobie :** crainte des chauves ou de le devenir.
- **Katagélophobie :** peur du ridicule.
- **Nomophobie :** peur d'être séparé de son téléphone portable.
- **Hexakosioihexekontahexaphobie :** crainte du chiffre 666 (et certainement aussi de devoir donner le nom de sa phobie !).
- **Kénophobie :** peur du noir.
- **Osmophobie :** hypersensibilité aux odeurs.

PLACEZ UNE LOCUTION LATINE DANS LA CONVERSATION

Quand vous rendez son stylo à votre patron :

« **Quae sunt Caesaris, Caesari.** »
(Il faut rendre à César
ce qui est à César.)

À la machine à café :

« **Deus ex machina.** »
(Dieu sort de la machine.)

BLUFFEZ !

Parlez couramment une langue étrangère ! Ou, plutôt, le dialecte d'une peuplade issue de votre imagination... Ça impressionnera tout le monde et peu importe si, dans la langue de Shakespeare, vous en êtes toujours à chercher : « *Where is Brian ?* »

CASEZ UNE CITATION DANS LA CONVERSATION

Tout en admirant un paysage ou bien la nouvelle déco intérieure de votre hôte :

« C'est la vraie marque
d'un philosophe que
le sentiment d'étonnement. »

PLATON

CORRIGEZ LES ERREURS DE LANGAGE DES AUTRES

« Comment ça, c'est vite ? C'est vite dit, mais c'est plutôt rapide... »

*

« C'est moi qui a raison ? Je ne pense pas, non. C'est plutôt moi qui ai raison. »

*

« Rien n'est inatteignable ! En revanche, certaines choses sont inaccessibles... »

LE MOT SAVANT À PLACER !

« Un ciné et un McDo ? Tu as décidé de ne t'exprimer qu'avec des **métaplasmes***? »

* changement phonétique par l'ajout, la suppression ou la substitution de syllabes dans un mot (ciné pour cinéma et McDo pour MacDonald)

UTILISEZ LES NOMS SAVANTS

Dites : « Peut-on trouver des *boletus edulis* sous ces *quercus ilex* ? »

Et ne dites plus : « Tu crois qu'il y a des cèpes sous ces chênes verts ? »

PLACEZ UNE LOCUTION LATINE DANS LA CONVERSATION

À chaque fois que vous chaussez des baskets : « *Mens sana in corpore sano.* » (Un esprit sain dans un corps sain.)

Quand, à la fête foraine, vous montez dans un manège à sensation : « *Sic itur ad astra.* » (C'est ainsi qu'on s'élève vers les étoiles.)

TRUC À LA CON

Vous aurez plus d'assurance si vous dominez physiquement votre interlocuteur. Faites de la gonflette et portez des talonnettes ou des talons hauts ! Si ça ne suffit pas, emportez partout le petit marchepied escamotable que vous aviez acheté pour atteindre vos placards les plus hauts...

TAISEZ-VOUS !

Si, lors d'une soirée, vous craignez de vous ridiculiser parmi des invités que vous estimez bien plus intelligents et cultivés que vous, feignez l'extinction de voix ! Mais ne buvez pas trop d'alcool, il ne faudrait pas que vous vous mettiez à chanter…

CASEZ UNE CITATION DANS LA CONVERSATION

Au milieu d'une conversation, pour glacer l'ambiance en contraignant tout le monde à un moment de silence et de réflexion :

« L'homme est la mesure de toute chose. »

PLATON

OPTEZ POUR UNE COUPE DE VAINQUEUR

Les hommes aux tempes grisonnantes, au front large et dégarni paraissent plus intelligents. Messieurs, vous savez ce qu'il vous reste à faire : mettez-vous de la cendre dans les cheveux et rasez-vous le haut du crâne !

Mesdames, préjugés obligent, c'est la teinture blonde qu'il vous faut proscrire. Optez pour une chevelure brune.

FAITES PASSER LES AUTRES POUR DES CONS

Étalez votre culture générale :

« Quel est le plus long lipogramme* en E de la langue française ?

"Institutionnalisation". »

« Quelle est la question la plus posée à Google dans le monde ?

"Comment embrasser ?" »

---

* Un lipogramme est un écrit dans lequel l'usage d'une lettre de l'alphabet est interdit.

MANIEZ LA LANGUE DE BOIS

Parlez pour ne rien dire, n'utilisez que des formules stéréotypées. À force de tenir des propos **xyloglottes***, peut-être même qu'une carrière politique s'ouvrira à vous !

---

* relatifs à la langue de bois (voilà un mot à placer dans une conversation !)

RAMENEZ VOTRE SCIENCE EN TOUTES OCCASIONS

« Le plastique est un véritable poison pour les océans. Ce qui est paradoxal, c'est que la solution à l'usage du plastique pourrait aussi venir des océans. On a en effet inventé un plastique biodégradable avec… les carapaces des crevettes ! Espérons que les crevettes n'auront pas trop ingéré de plastique, car ce serait faire du plastique… avec du plastique ! »

CASEZ UNE CITATION DANS LA CONVERSATION

Lorsqu'on vous parle de décisions liberticides ou bien qu'on vous reproche de manger de la viande qui n'a pas été élevée avec amour, de ne pas faire le tri de vos déchets, d'acheter des produits genrés :

« La liberté est le droit de faire tout ce que les lois permettent. »

Montesquieu

ASSUMEZ

Lorsque vous sortez une connerie, dites-la toujours avec aplomb ! Votre confiance en vous désorientera votre interlocuteur. Peu importe qu'on ait tort ou raison, l'important est l'assurance avec laquelle on affirme son opinion. Voilà qui est dit.

ÉPATEZ LA GALERIE

« 1,5 kilomètre s'écrit sans "s" à la fin de kilomètre car, en français, le pluriel commence à deux. Et ce n'est pas la moitié d'un con qui te dit ça ! »

LE MOT SAVANT À PLACER !

« Quand j'écris un SMS, je n'oublie jamais les **diacritiques***. Et toi ? »

* signes et accents sur les lettres qui modifient la prononciation d'un mot ou permettent de le distinguer d'un homonyme

CHOISISSEZ BIEN VOS PASSE-TEMPS

À celui qui fait des sudokus, dites que vous jouez au tomasuki (peu importe le nom, ce jeu n'existe pas). S'il vous demande de quoi il s'agit, dites que c'est un jeu de chiffres et de lettres, mais qu'il est compliqué de l'expliquer à un novice, car il faut maîtriser les syllabaires de l'écriture japonaise et savoir compter sur un boulier.

PUBLIEZ UN OUVRAGE SCIENTIFIQUE

Sur Amazon, publiez un ouvrage scientifique, en format numérique, dont vous ferez la promotion sur vos réseaux sociaux. Trouvez un titre austère et soignez la couverture. Peu importe le contenu puisque vous le mettrez à un prix de vente suffisamment prohibitif pour que personne ne l'achète.

Si vous ne souhaitez pas prendre de risque, publiez : *Qu'est-ce que le rien ?* ou *Concept du néant pour les nuls*… Et contentez-vous de pages blanches !

SOIGNEZ VOTRE RÉPUTATION

Sur votre boîte aux lettres, apposez une vignette : « Pas de publicités dans cette boîte ! » Vous n'êtes pas de ceux qui se laissent influencer pour faire vos courses. Vous êtes au-dessus de ça. Vous n'êtes pas un mouton et personne ne vous dit quoi acheter. Vos emplettes sont raisonnées et raisonnables. Vous consommez en intelligence, que ça se sache ! Mais piquez quand même les prospectus des voisins pour rester informé des bonnes promos…

MINIMISEZ LES RISQUES

Pour ne pas prononcer d'inepties et passer pour un idiot, faites toujours des phrases ultra courtes. Vous réduirez ainsi le danger de passer pour un décérébré. Mais, attention : faire des phrases courtes ne vous dispense pas de les terminer !

CASEZ UNE CITATION DANS LA CONVERSATION

Pour attirer l'attention sur vous :

« Toute conscience est conscience de quelque chose. »

HUSSERL

L'HABIT FAIT LE MOINE

Soyez classe. Vous serez perçu comme étant plus intelligent en costard-cravate qu'en jogging, c'est un fait. Alors soignez votre apparence, mais n'allez pas jusqu'à pousser le vice en sortant vos poubelles en smoking !

LE MOT SAVANT À PLACER !

« Rassure-toi, tu n'es pas le dernier, tu es **l'antépénultième*** ! »

---

* l'avant-dernier

CORRIGEZ LES ERREURS DE LANGAGE DES AUTRES

« Ça ne te gratte pas, ça te démange. C'est toi qui te grattes ! »

*

« On ne dit pas que c'est de la faute de, mais que c'est la faute de… Donc ce n'est pas de ta faute, mais c'est ta faute si tu parles mal ! »

*

« Ainsi tu appartiens à ceux qui croient qu'ils croivent ? »

PROFITEZ DE L'EFFET MIROIR

Paraphrasez votre interlocuteur. Plus il aura de l'estime pour lui-même, plus il en aura pour vous.

Mais évitez de jouer au perroquet, vous obtiendriez l'effet inverse recherché et la conversation pourrait se terminer en :

— Arrête de répéter tout ce que je dis !

— Arrête de répéter tout ce que je dis !

JOUEZ À DOMICILE

Orientez ou lancez les conversations sur des sujets que vous maîtrisez. N'attendez pas que les autres le fassent à votre place ! Le but n'est pas de les intéresser à ce que vous dites, mais uniquement de leur en mettre plein la vue. Que ce soit les techniques de pêche à la mouche, le mystère de la reproduction des calmars, les astuces de grand-mère contre la constipation… peu importe, du moment que vous occupez le terrain !

CHOISISSEZ BIEN VOTRE SPORT

Officiellement, vous aimeriez pratiquer un sport individuel qui fait appel au sens tactique (comme le tennis) ou un sport en vogue (comme le triathlon ou le paddle). Malheureusement, vous vous êtes fait les croisés il y a quelques années, en faisant du ski…

Officieusement, continuez à squatter votre canapé et à vous abonner aux chaînes sportives.

PASSEZ POUR UNE PERSONNE IMPORTANTE

Faites régulièrement semblant de consulter vos messages téléphoniques et d'écouter votre répondeur tout en fronçant les sourcils. Attention, lorsque vous le faites pour de vrai, ne levez pas votre smartphone au ciel pour mieux capter le satellite et ne le cherchez pas non plus des yeux…

RIRE… OU PAS

Rire peut parfois être une bonne échappatoire lorsqu'on se sent acculé, qu'on ne sait plus quoi répondre sans risquer de se ridiculiser. Sauf si vous avez le rire d'une hyène asthmatique en rut…

FAITES PASSER LES AUTRES POUR DES CONS

Étalez votre culture générale :

« Quel est le plus long palindrome* de la langue française ?

“Ressasser”. »

« Quel est le seul mot masculin qui se termine par “ette” ?

“Squelette”. »

---

* mot ou phrase qui se lit indifféremment de gauche à droite ou de droite à gauche

ACQUIESCEZ INTELLIGEMMENT

Lorsque vous êtes en train d'écouter quelqu'un, évitez de ponctuer tous ses dires par des « oui ». Vous adopteriez la posture d'un élève face à son professeur. Faites plutôt des petits « Hum... » sur différents tons, mais aussi des « Oui, c'est évident ! », « Absolument ! » ou encore « Je suis un peu dubitatif, là... ». Enfin et surtout, proscrivez les « Ah bon ? Je savais pas... ».

L'HABIT FAIT LE MOINE

Devenez chevalier, officier ou même commandeur des Arts et des Lettres. Libre à vous de choisir votre grade et d'arborer fièrement la célèbre rosette verte, elle est en vente libre sur Internet !

PLACEZ UNE LOCUTION LATINE DANS LA CONVERSATION

Au gendarme qui vous tend une amende : « *Dura lex, sed lex.* » (La loi est dure, mais c'est la loi.)

En coupant votre gâteau d'anniversaire dont vous gardez la plus grosse part : « *Divide ut regnes.* » (Diviser pour mieux régner.)

TROUVEZ VOTRE CON

De la même manière que nous sommes tous le con d'un autre, nous sommes tous le génie d'un autre. Reste désormais à trouver où se cache ce mou du bulbe qui vous prendra comme mentor...

LE MOT SAVANT À PLACER !

« Détends-toi un peu, on dirait un vrai **agélaste*** ! »

* quelqu'un de peu sensible à l'humour, qui ne rit pas

PERDEZ VOTRE ACCENT

Pour rester crédible, votre interlocuteur ne doit pas associer votre accent régional à tous les préjugés qui peuvent y être liés : provincial, fêtard, con, alcoolique, fainéant, paysan… Alors adoptez un accent neutre, putain, con !

CONCENTREZ-VOUS

Avoir l'air de ne pas écouter peut aussi donner l'impression de ne rien comprendre. Concentrez-vous sur la conversation, intervenez à bon escient. Pour ce faire, réunissez tous vos neurones, même ceux qui ne sont pas disponibles, vous avez besoin de tout le monde ! Convoquez ceux qui ont toujours été aux abonnés absents, ne laissez libres que les neurones qui aident à maintenir vos fonctions vitales et qui ne vous laisseront pas vous mettre à brouter de l'herbe tel un ruminant.

SOIGNEZ VOTRE e-RÉPUTATION

Lorsque vous passez devant un lieu culturel (un théâtre, par exemple), faites un selfie devant pour le poster sur vos réseaux sociaux. Et, surtout, n'ajoutez aucun commentaire ! N'allez pas dire que vous étiez sur le chemin de la fête foraine, vous gâcheriez l'effet…

DÉSHABILLEZ-LES

Avant d'espérer paraître plus intelligent qu'autrui, il est important de ne pas se sentir inférieur. Lorsque votre interlocuteur vous intimide, imaginez-le nu ou portant des sous-vêtements ridicules ! Peut-être même que vous déclencherez en lui de la gymnophorie*…

---

* sensation gênante que quelqu'un vous déshabille du regard

BANNISSEZ CES PAROLES DE VOTRE LANGAGE

« Je dis ça, je dis rien. »

*

« Mais on a toujours fait comme ça ? »

*

« Je savais pas ! »

*

« Ah bon ? »

*

« Tu m'apprends un truc. »

PRENEZ GARDE À VOTRE ATTITUDE

Prenez la posture d'un individu fier et sûr de lui : tenez-vous solidement campé sur vos jambes, les épaules en arrière, le torse bombé, le menton relevé et le regard qui porte au loin. Pensez à bouger de temps en temps pour éviter qu'on vous arrose comme une plante en pot ou qu'on vous confonde avec un portemanteau.

MÉPRISEZ-LES

Regardez vos interlocuteurs de haut en bas et de bas en haut. Ce n'est peut-être pas une preuve d'intelligence, mais ils se sentiront rabaissés et vous, supérieurs à eux.

« OK GOOGLE », C'EST VOUS !

Parfois, lors d'une discussion, il arrive qu'on sèche sur un sujet, qu'on y réfléchisse un moment, avant d'abandonner et de passer à autre chose… Pas vous ! Discrètement, renseignez-vous sur Internet et interrompez la nouvelle conversation tout juste commencée pour lancer : « Ça y est, je sais ! Maintenant, je me souviens ! » Puis étalez votre science…

TRICHEZ !

Enregistrez les émissions de jeux télévisés dans lesquelles on pose des questions de culture générale. Lorsque vous recevez un ami chez vous, diffusez l'émission qui correspond à l'horaire auquel votre invité arrive et, puisque vous avez appris les réponses par cœur, épatez-le en répondant correctement avant les candidats !

CASEZ UNE CITATION DANS LA CONVERSATION

Devant un singe en cage, à un con qui se comporte mal ou à un abruti qui s'énerve :

« L'homme ne devient homme que parmi les hommes. »

J. G. Fichte

RESTEZ MODESTE (FAUSSEMENT)

Lorsque vous parvenez à épater votre entourage, ne vous en vantez pas. Laissez les autres flatter votre égo, ça fait toujours plaisir. Puis dites modestement : « Oh, je n'y connais pas grand-chose, mais j'ai quelques notions de base… »

LE MOT SAVANT À PLACER !

« J'ai bien aimé ce film, mais il y avait un peu trop **d'analepses***, tu ne crois pas ? »

* retours en arrière, flash-back

RESTEZ SOBRE

Ceux qui boivent de l'alcool sont perçus comme étant moins intelligents. Oui, ça ne reflète peut-être pas la réalité, mais on ne peut tout de même pas dire que l'alcool rend intelligent, n'est-ce pas ? Raconter que vous êtes imbattable à certains jeux à boire risque aussi d'être mal perçu. Sachez donc rester sobre lorsqu'il le faut et attendez d'être entre amis pour décapsuler les bouteilles de bière avec vos dents et boire shots sur shots.

Rejoignez l'auteur
sur sa page Instagram

www.instagram.com/laurentgaulet

et Facebook :

www.facebook.com/LGaulet